따뜻한 자리

예술가시선 19

따뜻한 자리

초판 1쇄 발행 2019년 4월 16일

저　자　유정옥
발행인　한영예
편　집　지 금
디자인　이길한
펴낸곳　예술가

주　소　서울특별시 송파구 문정로 13길 15-17, 201호
등　록　제2014-000085호
전　화　010-3268-3327
팩　스　031-399-3327
전자우편　kuenstler1@naver.com

ISBN 979-11-87081-13-5 03810

이 도서의 국립중앙도서관 출판예정도서목록(CIP)은 서지정보유통지원시스템 홈페이지(http://seoji.nl.go.kr)와 국가자료공동목록시스템(http://www.nl.go.kr/kolisnet)에서 이용하실 수 있습니다. (CIP제어번호 : CIP2019009123)

따뜻한 자리

유정옥 시집

2019

自序

시는 지적 수준에 좌우되지 않고,
삶에 대한 대긍정의 자세에 좌우된다.
그렇게 생각하면서 나는 시를 쓴다.

2019년 늦봄
유정옥

차례

自序

제1부
연못가에 나온 북극성

제2부
나무 곁에서

제3부

모래시간을 날려 보내며

제4부

다람쥐에게서 배운 식단

제1부

연못가에 나온 북극성

분홍 물봉선

이름 한 겹 가진 분홍 물봉선

물봉선은 제 이름보다도 가벼웠다

너는 내 운명에게 자리를 양보했으니

지금은 풀벌레 우는 소리

혼자 꽃이 된 분홍 물봉선

이제야 내 곁에 오신 당신이시니

나는 살그머니 바람인 듯 바람이 아닌 듯

나는 남향을 보고 간다

부여로 가는 길
칸나의 눈썹

부여로 가는 길
풀벌레의 입술

작은 것은 슬프다

백마강 어디쯤
내 손매듭 어디쯤

나는 남향을 보고 간다

저쪽,
풀밭에 서있는 당신

도비도 港

나무는 비를 맞는다

나무는 아무 말도 하지 않았다

나무처럼,
바다는 나를 붙들어 주었다

도비도의 바다를 보면
나는 나를 엎질러버리면 안 되겠다

도비도여
도비도의 눈썹 끄트머리여

나를 적시지 마오

석문 바다

석문 바다에 와서 보니
석문 바다는 제 뼈마디를 다 꺼내놓았다

은폐를 모르는가보다
다만
한 세상을 맴돌고 돌아온 해안가에
해당화 한 무더기가 피어 있다

내 마음이 아득한 것을
저 풍광은 아셨는지
내 손우산만한 갈매기 몇 분을 데리고 다닌다

바다는 마주 보는 것이 아니구나
저렇게 저렇게 무한을 버리고 있으니
허공을 마주 볼 것이 아니구나

내 마음은 한 뼘

석문 바다에게 묻노니

지금
내 무릎을 베고 잠든 저분은 누구세요

연못가에 나온 북극성

목백일홍 꽃잎이
연못가에서 서성거린다

허구한 날
내 아랫입술 윗입술은
절벽을 입에 물고 있었지만
꽃은 꽃 위에서 가볍게 춤을 춘다

나는
당신이 그리울 때마다 무릎을 꿇는다
저쪽 목백일홍의 구불구불한 무릎처럼

반짝,
연못에 떨어진 북극성을 보아
실크스카프로
풀벌레 울음소리를 목에 두른 북극성을 보아

내 입술에 묻은 시간은

꽃잎새 하나

꽃잎새 둘

나는 당신이 그리울 때마다 무릎을 꿇는다

칸나에게

꿈속에서
나는 당신을 만났다

칸나가 오시는 열 발자국

고독이 내 뱃구레를 파고들 때
당신이 오시는 열 발자국

한낮에는
긴꼬리제비나비가 날아왔다

바라보면
바라보면

정념은 정념의 아비가 되었다

당신은

내 하얀 블라우스의 청명을 매만지기나 하실까

서산 마애삼존불의 미소에게

부처는 부처의 입술로 말하지 않고
굴참나무 절벽의 숨소리로 말하더라

직각 삼각형 만 개
직각 삼각형 만만 개
어째서 직각 삼각형은 둥근 원이 되었는가

서산 마애삼존불의 설법을 듣고 난 후
직각 삼각형은 둥근 원이 되었다

대낮인데도
남쪽 하늘 오리온좌가 천 걸음으로 달려와
내 정수리를 쓸고 간다

오늘 다저녁때
당신 앞에서 나는 이 빠진 종재기가 된다

내 나이 어수선한 천 년이지만

곰소 소금

나는
곰소로 간다

빗방울이 지평선을 적신다
빗방울이 부안 채석강 발등을 적시고
빗방울이 소금창고 야트막한 콧잔등을 적신다

능가산 범종소리

지금은 까마귀 몇 마리가 보리밭 농사를 짓고 있는가 보다

어디든 문이 열려 있으니
당신은 능가산 늑골을 밟고 오시는가
당신은 내소사 범종소리를 밟고 오시는가

나는 내 손바닥을 가만히 들여다본다

부평 중앙시장 뒷골목

먼 안데스산맥과 오리노코강 사이

그곳에서

곰소 소금을 팔던 내 전생

낙타풀

나뭇잎이 연못으로 떠다녔다

내 살갗 속에는 낙타가 산다
난 낙타의 목덜미를 붙들고 사막으로 간다

가시를 품은 낙타풀

세상은 모래언덕에 파묻혔다

한밤중,
천공의 공작이 떨어지고 살쾡이가 떨어지고 전갈이 떨어졌다

나는 물새의 뼈처럼 이곳에 서있다

별안간,

찌르레기인지 홍학인지
이분들 가느다란 발목에는 봉숭아 꽃물이 들어있다

내 아픔을 다 건너간 붉은 꽃물

현호색에게

유곡리 산비탈에 현호색이 나와 있다
누구의 기쁨일까
땅바닥에 코를 대고 있어도 너는 웃는 낯이다

보랏빛 쬐끄만 몸매여
너의 존엄이 하늘에 닿아 있으니
네 발등 아래 엎드려
나는 슬픔을 버려야겠다

시간은 이렇게 흘러가느니
유곡리 산자락은 덩달아 작아졌다

홀연 나는,
티베트의 베율*을 거닐었다

현호색 꽃등이여

강물이 강물을 따라가듯
당신 앞으로 가는 길

내 사랑이 물방울이라면
내 손톱과 머리칼이 무지개라면

지금은 아득한 落花

* 숨겨진 땅이란 의미를 가진 히말라야 지상낙원.

눈곱꽃* 봄날에

백암산 비탈길,
50년 내 품안에서 살던 별들이 이곳으로 달려왔다
별들은 발레리나의 춤을 춘다

백암산은 백암산에 있지 않았다
자세히 보면 하나는 만 개였다
만 갈래로 흩어지는 내 마음,

나는
볼리비아 우유니사막에서 돌아와 꿈을 꾸었다

그리고 떠듬떠듬 당신의 이름을 부른다

팔랑나비가 내 어깨 위로 내려앉았다
나는 더 이상 아무 말도 하지 않았다

밤하늘 품속,

별빛을 입에 문 눈곱꽃

* 길마가지꽃. 춤추는 발레리나의 모습을 닮았다.

해당화를 읽는 법

해당화 곁에 서면
내 마음이 작아진다

꽃등이 켜지면
이때부터 시간은 반짝이건만

당신에게 달려가는
내 눈가에
꽃냄새가 조금 묻어 있다

당신을 부르는 동안
꽃들은 제품에 붙어 있지 않았다

석모도여
석모도 앞바다여
그러면 당신은 어디에 있는가

나는

꽃이 아니어도 좋아라

제2부

나무 곁에서

보문사에서

당신이 땅바닥을 붙잡고 올라갈 때
바람도 땅바닥을 붙잡고 올라갔다

부처가 계시니
부처도 땅바닥을 붙잡고 올라갔다

내 발짝 소리가 이러하니
극락보전은 저녁 바다에 몸을 내준다

방금
늙은 고욤나무 한 그루가 열반에 드신 듯

한 발짝 건너가면 당신
또 한 발짝 건너가도 당신

저녁까마귀가 운판을 때리고
내 눈썹을 바삐 쪼아댔다

영흥도

바람은 바람이 불어가는 쪽으로 쓰러지지 않고
바람은 바람이 불어온 쪽으로 쓰러진다

흔들리는 것은 바람 때문이 아니다
영흥도 앞바다가 흔들리는 것은
내 가슴팍에 쌓인 시간의 키가 높다랗기 때문이다
무너지지 마라
영흥도야

내 눈구멍을 찌르는 바람아
내 눈구멍을 찌르는 햇살들아
슬퍼하지 마라

지금은
아무도 오지 않는다
먼 훗날

당신의 눈빛

하얀 달 몇 개를 건너

—내 딸 민희에게

명자나무 울타리 아래 무른 땅이 흘러내렸다

돌덩어리 박힌 굵은 뿌리가 발등을 감싸 안고 있다

태풍 속을 건너온 내 뜰에는
큰 돌덩어리 만 근이 박혀 있다

나는,
내 아이의 머리를 쓸어안고
수술자국을 어루만진다

하얀 달 몇 개를 건너 다시 건너가
울퉁불퉁한 돌길을 걷는다

아,

나를 달래주는
꽃잎들

나무 곁에서

나무 곁에 서있는 바람은 나무가 되어 있다

나는 이 나무를 어떻게 흔들 수 있을까
나는 이 나무를 어떻게 만질 수 있을까

바람은 길을 만들지 않으니
바람은 제 몸을 만들지 않으니
몸이 길이며
몸이 바람인 것을
나는 비로소 안다

저녁 무렵
이 짧은 머뭇거림
나는 목백일홍 곁에 우두커니 서있다

저것 보세요

구름은 허공에서 춤을 추네요

나와 함께 춤을 추는 이분
눈물
구름

백년이 가고

수천 가지 말문으로
떨어지는
그리움

내 마른 마음보다도 더 커다랗다

저녁놀을 데리고 천안 가는 길
발길이 아파도
치맛자락 붉게 물들 때
안개인지
슬픔인지
혹은 고독인지

한 달에 한 번 두 번
천궁에 안겨 저 햇살 깨물어보네

백 년이 가고

다시 또 백 년이 가고

오래된 문

손잡이를 잡고 밀친 현관문이
찌그럭 신음소리를 낸다

경첩이 빠져버렸다

어둑어둑한 녹물이
먼지 위로 떨어졌다

닫혀 있거나
열려 있거나
온몸을 짜 맞추는 세월

그래도
그래도
문 하나를 열면
천국이 보인다

문밖 더 먼 곳 천둥소리 건너

1회용 커피

목덜미의 선을 따라 명을 자른다

생과 사의 갈림길처럼 그어놓은 점선
새로운 생으로 되돌아오는 입구가 그곳에 있다

좁은 세상 어둠 속에서 까맣게 타버린 바위
나는 너와 같구나
나는 너와 같구나
내게도 밀봉이 있으니 너와 같구나

어느 날 오후
창문이 열릴 때
너와 내 몸은 뜨거운 물에 젖어
한 몸이 되겠구나

세상사 다 녹여낸 산골짜기처럼

나는 지금 커피를 마시며

내 목덜미를 만져본다

내 목에는 여전히 점선이 그어져 있다

점선을 자르면

내 목덜미에서 향기가 피어오를 것이다

눈썹달

퇴근길
저만치 앞서가는 눈썹달

나보다 반 발짝 먼저 와
우리 집 창문에 내려앉았다

잠시
찰랑

길 건너 빌딩 꼭대기가 깜깜하다

밤이면 철탑 위
환한 달

오늘은
땅바닥
우리 집 반지하에서 자고 갈 모양이다

어떤 소리

소리에도 주소가 있는가보다

밤중에는 난폭한 공기
한낮에는 불타는 대지

나는 그동안 베스비우스에 다녀왔다
폼페이의 뒷골목,

앵무새가 우는 소리 그 사막을 지나

세례요한이 앉아 있던 돌
낙타 몇 마리가 지나가던 길

어떤 소리는 문패를 달고
또 어떤 소리는 문패를 내리고

나는 모래 한 줌을 손에 쥐었다

木魚
—내 딸 민희에게

목어를 잃어버린 몸통이
속울음을 운다
빈 몸으로 흔들리며 소리 없이 운다

공기의 현을 뜯던 바람의 손가락들이
공기의 속내를 찾아 기웃거리면
하얗게 팔을 벌리는 낮달

낮달처럼
내 몸 전부는 입이었다
바람이 꽂히는 자리마다 물집이 잡히고
시간을 삭히는 말들을 불에 태우는 몸짓

바람은 새떼를 데리고 먼 하늘로 건너간다

너와 내가 받은 생은 몇 겹이니

달빛 아래
이제부터는
갑골문을 해독하듯 서로 안부를 물으며 살자
저기 앞에 남은 여백은 저물지 않는다

날은 어두워도 어두워도 더는 어둡지 않다

찔레꽃 춤
—내 딸 민희에게

너는 찔레꽃 춤을 춘다

별빛을 끌어안고
너는 찔레꽃 춤을 춘다

폭포처럼 서 있는 찔레꽃

무의도는 섬이 아니란다
작약도는 섬이 아니란다

먼 홍도는 섬이 아니란다

너는,
섬이 아니란다

너는,

내 세상이다

이슬이 마르더라도
달빛이 마르더라도

너는,
내 세상이다

그리고 너는
찔레꽃 춤을 춘다

따뜻한 자리

공원 벤치에 앉아
잎사귀 하나가 내 몸 가까이 내려앉는 것을 보았다

그늘 한 점 없는
잎사귀 한 분

이분은 나뭇잎이 아닌 햇볕이신가

나는 잠시
내 몸과 내 혼 사이를 맴도는 물방울이 된다

나른한 물방울
따뜻한 자리

물은 물의 힘으로 따뜻한가보다
바람은 바람의 힘으로 나른한가보다

잎사귀는 잎사귀의 힘으로 가벼운가보다

이때쯤

당신이 오시는 시각

지금 나는 내 자신을 요약하기 전이지만

스웨터를 뜨면서

나는 별빛을 풀어 스웨터를 뜬다
한 코 또 한 코
뒤쪽으로 가면 낭떠러지
앞쪽으로 오면 꽃밭
안드로메다 찬물까지 실을 끌고 가서
당신의 몸에 맞는 스웨터를 뜬다

내 몸은 너무 가벼워
당신 곁에 머무를 수 없으니
남쪽에서 북쪽까지
하지에서 동지까지
1년 내내 진분홍 실을 풀었다가 감고
또 풀었다가 감는다

내 손가락 사이 샘물로
당신의 살갗을 씻을 때

당신의 고요를 씻을 때

저녁 어스름
당신이 주신 편액을 문루에 걸고

한 번 호흡

담장 너머
당신은 비약인 줄 알았더니
팔 굽은 만월이었네

당신이 슬픔을 뿌리치지 못한다면
나는 구름으로 뜨네
내 마음은 공연히 구름으로 뜨네

내 몸 밖 천 리 바깥
나는 구름으로 뜨네

나는 한 번 호흡으로 달까지 가네

내 가슴팍 안에서 날아오르는 저 날갯죽지 좀 보아
의성학적으로는 리그베다의* 찬가인지도 몰라

* 바라문교의 성전으로 천지자연에 대한 찬탄과 그 기원을 나타낸 시가詩歌.

불갑사

인도에서 온 참식나무 눈매가 불갑사 앞뜰에 서있다

비탈진 산 아래 불음 몇 마디
내 목덜미를 흔드는 도자기목걸이

저기 좀 보아
참식나무 발등을 밟고 있는
맥문동 눈짓

참식나무 잔가지에 앉은 할미새가 바삐 몸을 비틀었다
할미새는 제 몸이 무거운가보다
할미새는 제 몸이 가벼운가보다

이때쯤
당신이 오시면

불갑사 앞뜰에 엎드린 천년 부처도

잠깐 몸을 비트는 듯

제3부

모래시간을 날려보내며

오늘

나뭇잎 사이로 보이는 하늘이 예쁘다
하늘이 이렇게도 잘디잘게 쪼개지다니
나뭇잎은 하늘을 쪼개 쓰고 있는가보다

나무 아래
개미들은 하늘을 등에 지고
쏜살같이 먼 곳으로 달려간다

오늘부터는 아무것도 의심하지 않을 것이다

오늘 하루는 오늘
내 손등 위에 내려앉은 당신

내 품 안으로 돌아온 점진을 위해
나뭇잎은 저렇게 흔들리는가보다

방장산을 넘으며

나는

화분에 쑥갓 모종을 심었다
쑥갓 모종의 작은 발바닥을 보았다
배양토를 밟고 있는 맨발을 보았다

나는
오늘 방장산을 넘는다
풀 한 포기가 입암 방장산이다

높은 산을 오르다 보면
고요하여라
직립으로 쏟아지는 햇살바늘

길은 멀지 않았다
산줄기가 당신의 가슴팍을 어루만질 때

내 등짝에는 벌깨덩굴 구름송이풀이 피어오른다

고요하여라 하늘은
당신과 내 숨결을 둥그렇게 퍼담고 있다

고요하여라
풀 한 포기가 입암 방장산이다

갈대아 우르를 지나며

여기는 아브라함이 양떼를 몰고 다니며
불씨 풀꽃을 먹이던 고원지대

아득한 공간
높으신 분이 지금까지 계셨다면
붉은 흙무덤이 저렇게 흩어졌을까

난 내 몸을 어디까지 확장할 것인가
눈썹과 눈썹 사이
물들여다오
새벽 갈대아 우르의 별자리여

난 내 힘으로 나를 이기지 못했지만

지금까지 내 발등을 밟고 있는
우르의 별자리여

내 몸속에 창문 만 개를 더 박아다오

아직은

어쩌다 내 눈에 핑 눈물이 돌면
남편은 나에게 이렇게 말한다
내가 돈 벌면 사탕을 사줄게 울지마

어쩌다 내 눈에 눈물이 핑 돌면
남편은 나에게 이렇게 말한다
내가 돈 벌면 사탕을 사줄게 울지마

어쩌다 내 눈에 또 눈물이 핑 돌면
남편은 나에게 이렇게 말한다
내가 돈 벌면 사탕을 사줄게 울지마

남편의 사탕이 어디 있는지
난 아직 모른다

바람에게

까치는 혼자 날지 않는다
까치가 날아가는 것은 바람 때문이다

어젯밤 내 곁에 잠들었던 공복이
천 년 안부를 묻고 있다

하늘과 땅 사이
멀고 먼 내 마음 사이
저 아득한 바람

나는 혼자 걷지 않았다

길모퉁이
내가 들고 가는 손가방에도
가득 찬 바람

모래시간을 날려 보내며

메마른 길바닥에 비단풀이 깔려 있다
수궁할 수는 없어도 길을 고치는 시간들
당신만큼 내가 침착할 수만 있다면
내 혀끝에 걸린 평안을 그냥 놓아두리라

지나가는 바람을 보면 뒤끝이 없다

나무들처럼
길가에 서 있는 나무들처럼
내 품에 숨겨 둔 모래시간을 다시 날려 보낸다

난 당신을 애타게 부르지 않으리라

불면이 나를 덮어버려도
딱딱한 더 큰 불면이 나를 덮어버려도

두둥실

모래시간 연줄을 날려 보내며

사실

남들은 남편이 주역에 능통한 사람이라고 말했지만

남편은 그런데 내게는 주역의 주자도 꺼내지 않았다

내가 미역국을 끓여 내놓으면
미역국이 세상에서 제일 맛있다고 했다

내가 아욱국을 끓여 내놓으면
아욱국이 세상에서 제일 맛있다고 했다

내가 호박국을 끓여 내놓으면
호박국이 세상에서 제일 맛있다고 했다

사실,

남편이 능통한 것은 미역국에 있고 아욱국에 있고 호박국
에 있나 보다

봉정사 석조여래좌상

안정사가 수몰되자
이곳으로 쫓겨 온 몸이니
부처가 앉은 자리는 편할 리 없다

쓸쓸한 몸
왼쪽 어깨와 얼굴 반쪽과 손가락이 깨졌으니 뼈아픈 몸
땡볕 아래 앉아서 더 고달픈 몸

오늘은 천등산 물까치 소리를 듣고 있는가

내 마음이 이만큼 정숙해진 것은
봉정사 석조여래좌상의 침묵 때문이다
석조여래좌상의 상처 때문이다

만세루 바람막이 널판이 반듯해진 것도

꼭짓점 부처는 천등산을 다 짊어지고 있는 듯

물결

푸른 하늘 끝에
푸른 하늘이 걸려 있다

끝도 없는 푸른 하늘

바람이 가서 만져주고
내 눈썹이 가서 만져주면
하늘은 순한 물결이 된다

소나무를 쳐다보니
소나무는 방금 하늘을 만진 듯
철쭉꽃을 쳐다보니
철쭉꽃도 방금 하늘을 만진 듯

당신이 혹여 나를 찾으시면
난 여기 있어요

둥근잎유홍초

냇둑에 납작 엎드린 다홍빛 유홍초야
부끄러워 부끄러워 납작 엎드린 둥근잎유홍초야

내가 우선이 아니라는 것을 너는 알고 있구나

구름이 가면서 제 모습을 지워가듯이
새들이 가면서 제 목소리를 다 지워내듯이

아무 때나 세상은 허공이었지만
허공이 결국은 길을 만드는 것을

저쪽, 다홍빛 저쪽
나는 신발을 갈아 신고 가야겠구나

白蓮庵*

흰구름이 저 산을 밟고 있다
먼 산이 가벼워지라고
기나긴 시간이 가벼워지라고

마곡사 백련암에 와서 만난
김구 선생의 눈길,

살지도 죽지도 않는
참나무 껍질

저쪽에 누가 있어
내 손을 들어 올려줄까

선생은 그 말 한마디 남기고
비탈길을 내려갔는가

공연히 떠들썩한 산매미 소리

* 충남 공주시 사곡면 소재. 마곡사의 부속암자로 김 구 선생이 머물던 곳.

로캉탱*

남편은 내게 로캉탱의 편을 들어 이렇게 말했다
당신의 시에는 부조리가 없다고

내 표정이 시든 배춧잎 같다는 말인지
내 품성이 오만하다는 말인지
누구에게든 무관심하다는 말인지 불분명했지만

돌아앉아 생각해보면
남편의 지적은 어느 정도 내 마음 얼룩을 씻어내기에 충분했다

부조리를 등에 진 자는 거만한 자이거나
불운한 자이거나
위선자일는지도 모르는 일

여보세요

그런데 부조리를 느낄 시간은 있으세요

당신을 바라보는 내 눈이 이렇게도 이렇게도 바쁜 것을
어느 틈에 그 부조리를 느낀단 말인가요

남편은 빙그레 웃으며 저만큼 물러앉았다

* 사르트르 J.P Sartre(1905~1980)의 소설 『구토』의 주인공.

제4부

다람쥐에게서 배운 식단

홍단풍

그동안 내가 만지고 놀던 행복은
꽃이 아닌지 모르겠다
한 열흘 피었다가 떨어지는
꽃이 아닌지 모르겠다

그동안 내가 만지고 놀던 불행은
꽃이 아닌지 모르겠다
한 열흘 피었다가 떨어지는
꽃이 아닌지 모르겠다

하루는 요통이었다가
또 하루는 복통이었다가
그렇게 그렇게 드나드는 숨결인 듯

홍단풍이 물들었다
홍단풍은 하루를 보더라도 홍단풍
매년 보더라도 홍단풍

돋보기안경

남편은 늘 이렇게 말했다
몸을 떠나서는 마음은 없는 것이라고
길을 나설 때나 잠이 들 때나
남편은 내 손을 꼭 붙잡았다

어느 날
내가 그림을 그릴 때
남편은 또 이렇게 말했다
검정색은 쓰지 말라고
검정은 안 보이는 색이니 위험하다는 것이다

당신은,

혹 손에 든 돋보기안경을 잃으셨는지

저녁 무렵

까치야 까뭇까뭇 까치야
어디로 날아가느냐
억새밭 건너서 어디로 가느냐

조치원으로 가려면 칠십 리란다
남쪽으로 까뭇까뭇 가다가 보면 도갑사란다

까치야 까뭇까뭇 까치야
어디로 날아가느냐
억새밭 건너서 어디로 가느냐

먼 곳 도리천엔 억새꽃 없을 것이니

까치야 내 옷소매를 보려무나
이렇게 그냥 나풀거리는 내 옷소매를 보려무나

창문

마음은 마음으로 새로워지는 게 아닌가 보다

참새가 울면 산은 그때 새로워졌고
나뭇잎이 흔들리면 나무는 그때 새로워졌다

당신이 오시면 내 마음은 당장 새로워졌지만
하루가 고요하고
1년이 고요했다

조금 민망한 것은
난 당신 곁에서 코를 골며 잠든다는 점이다

밥상을 차릴 때 그러면서도 나는
숟가락을 놓치기도 했다

그런 날은

당신은 창가로 달려가 창문을 꼭 닫아주었다

빗방울 뿌리다가

하늘의 아기별들이 무너졌다
용왕은 냇가로 오지 않았다
그러니까 내 몸은 편안하지 않았다

환각 열 줄 환각 열한 줄이 붙어 있을 뿐
새들은 덤불 속에서 간간히 울고 있다
나뭇가지 아래 풀잎들 겨우 몸을 흔들 뿐
아무런 간격도 없는 버들잎새들

진실은 천천히 돌아올 모양이다

지금,
당신이 내 마음 뒷면을 보신다면
무어라고 하실까
매 순간 벌레들이 갉아먹는 내 마음을 보신다면
무어라고 하실까

할 말을 감추실까

오늘은 빗방울 뿌리다가 뚝 그쳤다

물방울을 위하여

영혼의 몸짓은 감각적이지 않았다
내 몸에 붙어 있어도 감각적이지 않았다
체온에 붙어 있어도 감각적이지 않았다

내 손가락에 끼워준 당신의 반지처럼 그냥 눈부신 아침

금강을 바라보며

나는 고요를 노래하고 싶었지만
내 슬픔이 너무도 엷어 꽃 한 송이를 눈여겨보지 못했다
꽃은 희망이라는 것을 알았지만
내 숨결은 그만큼 따뜻하지 못했다

내 눈앞에,
반듯한 길은 엄연했지만
한 발짝 뗄 때마다 길은 다시 출렁거렸다

내 잘못이리라

금강은 내 곁에서 고요히 흘러갔다

지금까지 나를 품어주는 당신
나를 별이라고 말하는 당신의 목소리를 들으면
나는 살짝 별이 된다
별이 별인 만큼 나는 살짝 바람이 된다

나무 바깥

내 목줄기는 가느다랗다
하늘을 쳐다보다가 가느다래졌다

하늘을 쳐다보면서부터
내 목줄기는 더욱 가느다래졌다

나무 바깥에 서서
구부러진 나뭇가지를 쳐다본 까닭
내 마음은 여전히 구부러진 까닭

가만 보니
흰 연기처럼 생긴 바람이
내 몸 허리쯤 휘도는 바늘구멍에서 흘러나왔다

양미간을 찌푸린 저 운명,

내 마음이 여전히 구부러진 까닭

쇠밭종다리 날아와

버드나뭇가지에 쇠밭종다리가 날아와 울어댔다

칙칙,

밝은 갈색 눈썹선
멱은 흰색
가슴팍에 돋아난 세로줄 반점

쇠밭종다리 울어대니
소택지 산자락도 따라 울었다
개활지 논바닥도 따라 울었다

쇠밭종다리 울지 않아도 더 크게 울었다
울면서 울면서 울음을 그쳤다

잠시 뒤
쇠밭종다리는 어디로 갔나

냉이를 캐며

입춘 전이지만
나는 밭두렁에 꿇어앉아 냉이를 캤다

기나긴 시간,
결핍에도 불구하고
괴로움에도 불구하고
지금까지 생물이 된 냉이여

너는
어떤 비호도 없이
내 슬픔에 와 닿아 있구나

또 다른 온화함인가
네 관절이 뽑히는 순간
그때 나는
2월 냉이의 근친을 보았던 것이다

가이없어라

다시 한번 마주친 너의 대답,

다시 곰소 소금

소금을 살 때는 난 곰소로 간다

저분,
내 몸에 붙은 정밀을 내놓으라 하시니
나는 곰소로 간다

곰소 소금을 밟고 있는 당신
내 마음은 벌써 당신의 발등을 밟고 있는바
이 길바닥 낭떠러지 저쪽 소금기 묻어 있더라도
잡념 아니니 다른 망상도 아니니

나뭇잎 흔들릴 때마다 소금꽃 다시 일어났다

곰소 소금은
곰소 소금 순백을 밟고 있으니

물안개 저쪽 먼바다

별꽃 만개한 내 살갗을 밟고 있으니

다람쥐에게서 배운 식단

소백산 희방폭포에 올라 물소리를 바라보다가
이런 생각에 젖어 들었다

조절은 질이 아니라 양의 문제로구나

폭포 아래 도토리나무가 서있는 뾰족 바위에
마침 새끼다람쥐가 아침 식사를 즐기는 중이었다
식단은 도토리 두 알
그리고 가랑잎에 고인 물방울 한 모금
새끼다람쥐도 희방폭포에 올라가
물소리를 바라보면서 깨달은 모양이다

조절은 질이 아니라 양의 문제로구나

다음날부터,
우리 집 식단에는 큰 변화가 왔다

도토리 두 알
그리고 가랑잎에 고인 물방울 한 모금
대략 그에 준하는 식단을 올려놓았다

■ 시인의 아포리즘

내가 만든 시간은 부드럽다
이쪽으로 가면 블랙홀이 있다

내가 만든 시간은 부드럽다

0

장미는 슬픔을 알지 못할 것이다. 장미는 기쁨을 알지 못할 것이다. 장미꽃이 만발한 정원을 거닐면서 나는 홀로 슬픔에 겨워 눈물을 짓는다. 내 안목으로는, 시는 늘 서투른 문맥의 진행이었다. 어쩌면 공적이 시의 주인일는지 모른다. 오늘 아침은 공기가 맑았다. 나는 시를 쓴다. 천지의 화음이여, 통나무 내 몸통 속으로 맑은 공기를 불어 넣어다오. 아무 말도 하지 않는 통나무.

1-1

화장할 때를 제외하고는 나는 거울을 가까이하지 않는다. 나는 내 얼굴에 대하여 대강 이해하고 있는 편이다. 내 얼굴에 대한 자신감을 찾기 위해 시를 쓰기는 하지만, 그때마다 괜찮다는 생각 대신 지리멸렬한 기분에 휩싸이곤 한다. 제자리에 서 있는 나무를 보면서, 어떤 규율을 지키기 위해 그곳에 있는가 물어보곤 또 물어보곤 한다. 눈에 보이지 않는 것들은 귀에도

들리지 않는다.

1-2

말로 표현할 수 없는 부분에 대해서는 눈을 감기로 했다. 마음이 답답해지면, 나는 창문 밖 밤하늘의 별이라든가 바람소리라든가 그런 평범한 것들의 움직임을 바라보면서 질문을 던진다. 평범이 비범으로 다가올 때 나는 별안간 시인이 되었다는 쾌감을 느끼기 시작한다. 쾌감은 그런데 남몰래 간직한 내 허영심의 발치가 아닐는지 모르겠다. 나는 아직도 슬픔이 부족했다. 시간은 그냥 지나가지 않는다. 내가 만든 시간은 부드럽다.

2-1

나를 움직이는 힘은 미안한 말이지만 내 본능이다. 나는 시를 쓴다. 그래봤자 오감을 만족시키는 충동은 논리가 아닌 어리석은 관능이었다. 관능이 저쪽 세상을 바라보도록 시신경을 흔들고 있다. 서산 마애삼존불을 보고 온 그날 밤 나는 뜬 눈으로 천장을 쳐다보면서, 허공이 얼마나 큰 관능과 상접해 있는가를 훔쳐보았다. 그 후, 내 시의 행간은 점점 넓어졌다.

2-2

신의 눈길 앞에 나는 내 자신을 잘 숨기고 있다고 믿고 있었다. 요령을 피우고 설명을 하고, 침묵하고, 몸을 움츠리며 고개를 수그렸다. 누가 내 얼굴을 알아볼까. 그런데 결국은 시를 쓰기 시작하면서 나는 내 자신을 짓밟고 있다는 사실을 깨닫게 되었다. 이제부터는 적요를 버리지 말고 꼭 챙겨두어야겠다. 시간은 그냥 지나가지 않는다. 내가 만든 시간은 부드럽다.

3-1

시는 재능이 아니다. 시는 장식이 아니다. 시는 슬픔이다. 아픈 사람 그 사람이 시인이다. 선생님은 늘 그렇게 말씀하신다. 구부러진 곡면을 본 사람이 시를 쓴다. 그 사람의 시를 보면 눈물이 난다. 구부러진 것을 보면 슬프기 때문이다. 나는 원래대로 내 자신에게 돌아가고 싶었다. 체면을 생각하고 시를 쓴다는 것은 얼마나 악한 일인가.

3-2

내 눈에는 아직도 정밀한 부분이 보이지 않는다. 내가 누구인지 내 마음이 어떤 상태에 있는지 그것을 살펴보는 자가 있다면 그가 정밀한 분일 것이다. 나는 그분이 어디 계신지는 잘 모른다. 나는 그분을 그리워할 뿐이다. 밀도의 문제이긴 하지만, 나는 그분을 하염없이 그리워한다. 나무도 그렇게 그분을 헤아리고 있는 것은 아닐까. 나는 나무의 부드러운 시간을 위하여 시를 쓴다.

4

내 마음을 비추는 햇빛 두 개가 있다. 당신을 사랑하는 마음이 그 첫째요, 꽁꽁 비끄러맸던 욕망인데도 어느 순간 느긋하게 풀어지는 여분으로 기울어지니 그 둘째다. 내 몸을 쉬게 만드는 힘도 그 둘이었다. 충분히 쉬고 난 다음 나는 시를 쓴다. 뒤틀리지 않는 소박한 시. 나는 결핍도 과장도 없는 소박한 시를 쓰고 싶다.

이쪽으로 가면 블랙홀이 있다

1.

풀을 보거나 꽃을 보거나 새를 보거나 나무를 볼 때마다 남편은 나에게 묻곤 한다. 저 풀은 무슨 풀이며, 저 꽃은 무슨 꽃이며, 저 새는 무슨 새냐고 묻는다. 이름을 알려달라는 주문이지만 그럴 때마다 나는 말문이 막혀 얼버무리거나 딴청을 부리거나 "뭐예요"라고 남편에게 되묻곤 한다. 이름을 모르면 답답했다. 저쪽 산기슭에 하얗게 피어있는 꽃이 무슨 꽃인가. 산딸나무 꽃이에요. 그렇구나. 그렇구나. 남편이 이렇게 반색할 때 나는 행복했다. 이름을 알 때는 세상이 환해졌다.

2.

내가 쓰고 있는 시가 깨끗한 시인지 또는 불결한 시인지 나는 잘 모른다. 어떤 때는 내 마음이 철판에도 붙어 있고 또 어떤 때는 개천에도 떠서 흘러 다닌다. 영일이 없는 나날이다. 슬픔에 젖어있을 때는 내가 좀 깨끗해진 것도 같고, 논리에 젖어있을 때는 뭉클뭉클 때를 묻힌 것도 같다. 생각은 한곳에 머무르지도 않는다. 그렇다고 노상 바람벽에 기댄 채 딱딱한 발톱만

깎을 수는 없지 않은가. 춥거나 덥거나 으스스 피곤하더라도 문을 열고 밖으로 나가서 내 육신이 어디 붙어있는지 찾아보아야겠다. 굼벵이의 눈을 피해.

3.

나에게 자신이 있는 부분이 하나가 있다면 그것은 기다림이다. 나는 오십이 넘도록 기다려왔다. 그런데 그 기다림이 어떤 것인지 왜 기다려야 하는지는 확실치가 않다. 짐작건대 그 기다림을 보편화할 때는 아무 모서리도 없는 암울이 되거나 타원형 형태의 배회가 될는지도 모르겠다. 나는 그 암울과 배회를 남모르게 서랍 속에 넣어두고 살아왔다. 다행스럽게도 나는 암울과 기다림이 어떻게 겹치고 있는지 또 어떻게 보편화되고 있는지를 모른다. 가끔 어둠 속으로 나돌아다니는 생쥐를 보고 깜짝 놀랄 뿐이다.

4.

흐르는 것은 구름뿐만이 아니다. 미숫가루 한 알갱이 시간들도 흘러간다. 나에게 욕설을 퍼붓던 저 악랄한 신기루들까지도 다 흘러가 버렸다. 주위에 남은 것들은 폐휴지 조각들뿐. 오늘 밤엔 망연히 촛불을 지켜본다. 지금껏 나는 홀로 깊고도 넓은 자리를 독차지하고 있었던 것이 아닌가. 민망했다. 오백 유순 저 땅 밑으로 기어들어 가 그분을 만나보아야겠다. 눈을 감으나 뜨나 네 전신은 한낱 먼지였으며 티끌이었도다. 그렇게 꾸짖는 자가 있었다. 이곳에서 문뜩 똥냄새를 맡은 것 같다.

5.

나는 한가로운 사람이 아니지만, 이따금 혼자 한가롭게 길을 걷는다. 그때마다 나는 내 안에 스며든 어떤 아득함과 마주치게 된다. 그 아득함은 아무 때나 나를 전경화 시켜온 통증의 일부 같기도 했다. 복종인지 혹은 불경인지는 몰라도 무엇을 잃어버렸다는 자각이 불현듯 엄습했다. 이것은 내 심성이 어느 한쪽으로 심하게 쏠려있다는 엄폐의 노을인지도 모른다. 그렇더라도 지금까지 나를 지켜온 저분의 눈빛을 속일 수는 없다. 그 얼굴이 쪼글쪼글해 보여도, 그 얼굴이 매끈매끈해 보여도.

6.

내가 좀 뻰뻰하다는 것은 귀신이 다 안다. 미나리를 다듬고 아욱을 다듬고 시금치를 다듬을 때마다 내 마음이 퍽 어질러져 있다는 것을 깨닫는다. 무엇보다도 내 입술을 적시는 낱말이 부적합했다. 날마다 우리네 콧구멍으로 드나드는 공기가 오염

되었으니 그럴 것이다. 공기가 오염되었으니 이 땅을 채운 정치도 그러하고 종교도 그러하고 심지어는 우리들의 몸에 붙은 도덕마저도 그런 듯싶다. 이런 관련을 끊고 어디로나 힘껏 도망쳐버릴까. 그럴 용기도 내게는 없다. 공기청정기를 사다가 방 한구석에 놓아두었다.

7.

그럼에도 불구하고 나는 내 운명을 사랑한다. 그것이 높은 것이든 낮은 것이든 또는 검은 것이든 흰 것이든 또는 밥줄이 되었든 모래알이 되었든 나는 그것들을 사랑한다. 빛의 이물이 세월이었던가. 세월은 아낄 수도 없다. 세상은 아무 데나 있었고 그런가 하면 아무 데도 없었다. 나는 달팽이나 백합조개와도 같은 연체동물인지도 모른다. 악 앞에서는 이를 갈지만 어느 순간 나는 그 악의 누룩과 손을 잡는다. 반듯하게 가다가도 나는 어느 순간 슬그머니 우회한다. 물건을 아껴 쓰다가도 나는 또 물건을 남용했다.

8.

전생에 나는 허허벌판에 서있는 나무였거나 낭떠러지 돌짝 사이에 피어있는 구절초였는지 모른다. 저것들은 언제든지 내 발이 닿지 않는 저쪽 먼 곳에서 외롭게 흔들리고 있었다. 내 양미간에는 집착과 번뇌가 함께 붙어있다. 언제부터인가 나는 숙명을 믿게 되었다. 숙명은 암석처럼 밝지도 않다. 숙명은 안팎이 없는 안개처럼 내 심중으로 파고들었다. 슬픔인지 노여움인지 또는 인색인지는 몰라도 나는 내 인생이 너무 낡아버린 것 같은 실의에 빠지곤 한다. 바람아 매번 불어 다오. 이때 나는 고개를 들고 시를 쓴다.

9.

전주에 가면 전주를 볼 수 있다. 지중해 동부 연안 이오니아에 가면 탈레스도 만나고, 아낙사고라스도 만나고, 데모크리토스도 만난다. 화성으로 가면 여기저기 흩어져 있는 낯익은 바위와 모래언덕을 만나볼 수 있다. 시인이 만나는 대상들은 그런데 실물이 아닌 표상들이다. 실물과 표상의 간격은 미꾸라지처럼 멀다. 신비주의자들은 그 틈바구니를 파고들면서 만다라를 그릴 것이다. 그들 대부분은 감각의 등뼈에게 정신을 팔아넘긴 사람들이다. 밥상머리에 앉아서도 그들은 환각을 씹고 있을 것이다.

10.

이쪽으로 가면 블랙홀이 있다. 시인의 눈에는 블랙홀이 들어오지 않는 모양이다. 그의 머릿속에는 안과 밖이라는 개념이 없고, 위와 아래라는 개념이 없다. 그는 복잡한 마음을 가졌기 때문이다. 잠시나마 그에게 아라야식 투시력을 빌려주면 어떨까. 이번에야말로 그는 전파천문학자들이 보는 우주의 배경복사를 눈을 감고도 단숨에 측정해낸다. 그는 편협했지만, 근본적으로는 어떤 신호체계도 쉽게 탐색해낼 줄 아는 촉각을 지닌 자였다. 허나 촉각보다도 긴요한 것은 그의 몸으로 끓어오르는 체온일 텐데.

해설

곁의 시학詩學
—유정옥의 시작법

이형우(시인_문학평론가)

곁의 시학詩學
—유정옥의 시작법

이형우

1. 명제론命題論

시집 『따뜻한 자리』는 4부 구성, 총 51수[1부 12, 2부 14, 3부 12, 4부 12]의 시와 「시인의 아포리즘」 2편이 실려 있다. 모든 시를 연 구분했다. 평균 6연으로 짜여 있다. 10연 시(「찔레꽃 춤」)가 가장 길고, 2연 시(「물방울을 위하여」)가 가장 짧다. 1연의 길이가 가장 긴 것이 6행(「도토리에게 배운 식단」, 「스웨터를 뜨면서」, 「백 년이 가고」)이고 가장 짧은 것이 1행, 1음절(「하얀 달 몇 개를 건너」)이다.

시 제목은 시집의 홀로그램이다. 시인의 성향이 제목이라는 무의식으로 도열해있다. 『따뜻한 자리』의 제목은 1어절이 19수, 2어절이 21수, 3어절이 9수, 5어절이 1수다. 명사로 종결되는 시가 31수, 체언에 부사격[~에게, ~에서]이 결합하여 끝나는 시가 7수다. 동사 종결형 어미로 끝나는 시가 1수, 연결형 어미[~며]로 끝나는 시가 11수, 부사로 끝나는 시가 1수다. 『따뜻한 자리』의 제목에는 부사격조사나 연결형 어미가 많이 보인다. 부사격은 대상을 한정한다. 한정은 제한이고 고정이다. 배제인 동시에 부각이다. 이는 유정옥이 공간 고착형임을 말해준다. 연결형 어미는 이음새다. 그러나 연결형 어미로만 끝나면 그 자체가 함축이고 생략이다.

『따뜻한 자리』의 제목은 명사가 62어휘, 대명사 1어휘, 관형사 1어휘, 부사 2어휘, 형용사 2어휘, 동사 15어휘가 나온다. 그중에서도 명사는 가장 중요하다. 명사는 그 사람의 영토다. 인간의 사유는 명사를 타고 온다. 다른 품사들은 명사가 그은 영역 안을 구체화할 뿐이다. 그래서 모든 글에서의 명사 분석은 가장 중요하다.

『따뜻한 자리』는 지명과 관련된 명사가 가장 많다. '영흥도'(인천), '도비도 港'(충남), '석문 바다'(충남), '곰소'(2회)(전북), '금강'(충청·전북)이 나온다. 유정옥의 시적 공간이 중심에 물(바다, 강)과 섬, 충남 중심의 서해안이 자리해 있음을 알 수 있다. 종교 관련어로는 '갈대아 우르'(아브라함의 고향), '백련암', '보문사', '봉정사', '방장산', '불갑사', '서산 마애삼존불', '석조여래좌상' 등이 나온다. 불교적 사유가 압도적이다. 자연 관련

어로는 하늘['북극성', '눈썹달', '달'], 땅['연못가', '물결', '물방울'], 허공['빗방울', '바람', '소리']이 균형 잡혀 있다. 천상 공간은 밤에만 등장한다. 시간어로는 짧은 시간어['1회용', '무렵', '모래시간', '저녁' '오늘']가 긴 시간어['봄날', '백 년']보다 배 이상 많다. 방향어로는 '남향', '곁', '바깥'이 나온다. 이로 미루어보면 유정옥의 시상은 특정 공간에서, 가운데[중심, 본성]를 향한 따뜻한 통찰력이라 일컬을 수 있다.

생활어로는 의衣['스웨터'], 식食['커피', '소금'(2회), '식단'], 주住['자리', '문', '창문'], 문화文化['돋보기안경', '木魚', '춤', '로캉탱'], 관념觀念['법', '사실']과 관련된 어휘들이 나온다. 색상어는 '분홍', '홍단풍' '하얀'이 나온다. 붉은색 지향성이 강함을 알 수 있다. 식물어는 '나무'(2회), '칸나', '해당화', '찔레꽃', '눈곱꽃'[길마가지꽃], '물봉선', '둥근잎유홍초', '낙타풀', '현호색', '냉이' 등이 나온다. 유정옥의 공간을 지배하는 식물은 꽃이다. 대부분이 붉고 탈속적이고 소박하다. 동물 역시 '다람쥐' '쇠발종다리' 등으로 식물 취향과 조화를 이룬다. 명사군을 종합하면 유정옥은 특정 시공간을 즐기며, 종교적 사유가 깊고, 가볍고 하찮음의 한복판을 주시하는 분홍빛 가슴을 지닌 사람이다.

『따뜻한 자리』의 동사는 '가다'['가고', '보고 간다', '바라보며', '지나며', '넘으며', '건너']가 지배적이다. 그런데 그것은 목적지를 향한 걸음이 아니다. 대상을 확인하고 심화하는 과정이다. 더디고 무겁고 뜻깊은 시간이다. 대상을 "위하여" 일하고 [스웨터 "뜨면서"] 배우고["배운"] 공부하는["캐며", "읽는"] 행위로 나타난다. 그러나 유정옥의 시간은 그렇게 "나온", "날아와" 곁에 머문 대상을 "날려 보내며" 바라보는 허공으로 흩어진다. 형용사와 부사는 그것을 구체화한다. 그의 시간은 "아직은" 오지 않은, "다시" 만날 그날을 위해, "어떤" 상황에도 견디고 적응해야 하는 "오래된" "따뜻함"이다.

2. 화자론話者論

『따뜻한 자리』는 가족적 화자가 주류를 이룬다. 가족적 화자는 희생, 이해, 배려, 감사라는 보편 정서를 담고 있다. 푸념이나 원망 하나 없는 점이 특징이다. 그러나 개체적 화자는 슬프다. 슬프다는 말이 하나도 슬프지 않을 만큼. 절망, 불모, 단절, 그리움을 사막의 정서로 노래한다.

> 내 살갗 속에는 낙타가 산다
> 난 낙타의 목덜미를 붙들고 사막으로 간다
>
> —「낙타풀」 2연

수천가지 말문으로

떨어지는

그리움

—「백 년이 가고」 1연

「낙타풀」에는 "낙타의 목덜미를 붙들고 사막으로" 가는 "나"와 그것을 바라보는 "나"가 있다. 나의 외피는 살갗이지만 실상은 사막이다. 바깥은 윤기가 흐르지만 속은 모래바람이 인다. 살아 있되 죽은 목숨이다. 살아 있는 내가 죽은 나에게로 간다. 거기는 "날은 어두워도 어두워도 더는 어둡지 않다"(「木魚」) 그에게 몸은 사막이고, 단절된[떨어지는] '수천가지 말문'이다. "가슴팍에 쌓인 시간의 키"(「영홍도」)고 "백 년이 가고/ 또 백 년이 가"도 가시지 않을 아픔이다. "닫혀 있거나/ 열려 있거나/ 온몸을 짜 맞추는 세월"이지만 "그래도/ 그래도/ 문 하나를 열면/ 천국이 보"(「오래된 문」)일 듯한 환상의 공간이다. 거기서 "목어를 잃어버린 몸통이" 되어 "속울음을 운다/ 빈 몸으로 흔들리며 소리 없이 운다"(「木魚」)

목어는 모양과 추임새가 단조롭지만 예법을 행하는 도구다. 물고기처럼 연약해도 용머리를 한 존재다. 작지만 없어서는 안 된다. 그런 목어木魚를 매었던 줄이 끊어졌다. 인연이 끝났다는, 하늘이 목숨을 거두었다는 말이다. 부제가 '내 딸 민희에게'의 그 목어는 딸이다. 목어는 물고기지만 생명체가 아니다. 피붙이가 목어같은 생명이었음도 알 수 있다. 병든 몸으로 24시간 에미만 바라보던[의지하던] 그 '뜬 눈'[생명]이 사라졌다. 모든 것이 사막이 되지 않으면 오히려 이상하다. 자식의 죽음 앞에, 가장 원통하고 가장 서럽고 가장 크게 울었을 그 울음 소리, 그 모성母性도 사라지고 없다. 유정옥이 얼마나 강인하고. 잔인할 정도로 단아한 사람인가를 잘 알려 준다.

목덜미의 선을 따라 명을 자른다

생과 사의 갈림길처럼 그어놓은 점선
새로운 생으로 되돌아오는 입구가 그곳에 있다

좁은 세상 어둠 속에서 까맣게 타버린 바위
나는 너와 같구나
나는 너와 같구나
내게도 밀봉이 있으니 너와 같구나

어느 날 오후
창문이 열릴 때

너와 내 몸은 뜨거운 물에 젖어

한 몸이 되겠구나

세상사 다 녹여낸 산골짜기처럼

나는 지금 커피를 마시며

내 목덜미를 만져본다

내 목에는 여전히 점선이 그어져 있다

점선을 자르면

내 목덜미에서 향기가 피어오를 것이다

—「1회용 커피」

그 목어[딸]는 1회용 커피 포장 안에 갇혔던, 세상과 단절된 채 "좁은 세상 어둠 속에서 까맣게 타버린 바위"였다. 그런 아이가 "목덜미의 선을 따라 명"이 갈렸다. 화자는 "아이의 머리를 쓸어 안고/ 수술자국을 어루만"(「하얀 달 몇 개를 건너」)졌다. 아이는 엄마 품을 떠나서 "폭포처럼 서 있는 찔레꽃"(「찔레꽃 춤」)이 되어 "별빛을 끌어안고" 춤을 춘다. 딸이 떠난 뜰에는, 가슴에는 "큰 돌덩어리 만 근이" 박혔다. "하늘과 땅 사이/ 멀고 먼 내 마음 사이/ 저 아득한 바람"(「바람에게」)만 불었다. "고요를 노래하고 싶었지만" "슬픔이 너무도 엷어 꽃 한 송이를 눈여겨보지 못"했고, "눈 앞에/ 반듯한 길은 엄연했지만/ 한 발짝 뗄 때마다 길은 다시 출렁거렸다."(「금강을 바라보며」) 대단한 줄 알았던 삶이 알고보니 1회용 커피에 불과했다. 우리 생은 그 봉지 안의 일이었다. 이승과 저승은 창 하나 열고 닫는 거리였다.

그러나 화자는 죽음을 "새로운 생으로 되돌아오는 입구"로 "뜨거운 물에 젖어/ 한 몸이" 될, "향기가 피어오를" 시간으로 반전시켜 버린다. 단절과 절망을 연속과 희망의 미래도 바꾸었다. "내가 우선이 아니라는 것을"(「둥근잎유홍초」) 깨달음이 있어서다. 자기 중심주의자[Egotist]가 그리는 그림은 자신이 중앙이고 전부다. 삶이 깊어지는 이치는 화폭에서 나의 크기가 줄어지고 없어짐과 같다. 그래야 "아무 때나 세상은 허공이었지만/ 허공이 결국은 길을"(「둥근잎유홍초」) 만들고 있음도 볼 수 있다. 그 길은 구름이 제 모습을 지우고, 새들이 제 목소리를 지운 데서 생긴다. 길은 비켜서고 비우는 데로 난다. 이런 화자의 덕업德業은 정갈한 삶의 울림으로 극대화된다.

> 소백산 희방폭포에 올라 물소리를 바라보다가
> 이런 생각에 젖어들었다
>
> 조절은 질이 아니라 양의 문제로구나

폭포 아래 도토리나무가 서있는 뾰족 바위에
마침 새끼다람쥐가 아침 식사를 즐기는 중이었다
식단은 도토리 두 알
그리고 가랑잎에 고인 물방울 한 모금
새끼다람쥐도 희방폭포에 올라가
물소리를 바라보면서 깨달은 모양이다

조절은 질이 아니라 양의 문제로구나

다음날부터,
우리 집 식단에는 큰 변화가 왔다
도토리 두 알
그리고 가랑잎에 고인 물방울 한 모금
대략 그에 준하는 식단을 올려놓았다

—「다람쥐에게서 배운 식단」

비움은 무욕이다. 무욕은 양糧 조절로 실현된다. 양은 욕구[need]의 문제고 질은 욕망[desire]의 문제다. 욕구는 충족 가능하지만 욕망은 불가능하다. 욕구는 자연적 삶의 요구이고 욕망은 문명적 삶의 요구다. 요구는 언어다. 시는, 예술은 욕구

와 욕망 사이에 있는 이도 저도 아닌 무엇이다. 「다람쥐에게서 배운 식단」은 시의 그런 속성을 제대로 나타낸 시다.

새끼 다람쥐는 배고파야 먹는다. 육식 동물들도 과식은 모른다. 그래서 생태계가 유지된다. 그러나 인간은 질 높은 삶을 꿈꾸지만 절제를 모른다. 도대체 만족을 모른다. 소화제를 복용하며 먹고 또 먹는다. 치어稚魚까지 먹으며 씨를 말린다. 과식은 과욕이다. 과신에서 비롯한다. 과신은 비판부재의 과속을, 과속은 그 흔적인 과언을, 과언은 '과대·과소'로 기울어져 과격을 낳는다. 과격은 생태계의 질서를 파괴한다. 결국 과욕을 추구하는 삶의 궁극은 전쟁이고 멸망이다.

「다람쥐에게서 배운 식단」은 "도토리 두 알/ 가랑잎에 고인 물방울 한 모금"에 만족할 줄 아는 삶을 배워야 한다는 역설이다. '잘못해 놓고도 고치지 않는 그것이 잘못[過而不改是謂過矣]'임을 모르는, 알아도 모른 척하는 현대인에게 보내는 잠언箴言이다. "우리 집 식단"은 전 세계의 식단을 비추는 거울이다. "어젯밤 내 곁에 잠들었던 공복"은 "천 년 안부를 묻"(「바람에게」)는 소통 도구가 되어 허허로움의 충만함을 일깨워 준다.

가족적 화자는 본격적으로 당신을 찾아 나선다. 그 당신은 내 행복과 불행의 근원인 삼라만상이다. "존엄이 하늘에 닿아 있"는 "보랏빛 쬐끄만 몸매"[‘현호색']의 "발등 아래 엎드려" "슬픔을 버"(「현호색에게」)리고 간다. "떠듬떠듬 당신의 이름을 부"(「눈곱꽃 봄날에」 4연)르며 "강물이 강물을 따라가듯/ 당신 앞으로"(「현호색에게」) 간다. 그러나 당신은 "저쪽,/ 풀밭에 서 있"(「나는 남향을 보고 간다」)다. "한 발짝 건너가면 당신/ 또 한 발짝 건너가도 당신"(「보문사에서」)이다. "당신이 그리울 때마다 무릎을 꿇"(「연못가에 나온 북극성」)어도 여전히 멀다. "어디든 문이 열려 있으니/ 당신은 능가산 늑골을 밟고 오시는가/ 당신은 내소사 범종소리를 밟고 오시는가"(「곰소 소금」)하며 기다린다. 마침내 "고독이 내 뱃구레를 파고들 때/ 당신이 오시는 열 발자국"(「칸나에게」 3연)이 보인다. 어느새 "내 손등 위에 내려앉은 당신"(「오늘」)이 있다.

이제야 내 곁에 오신 당신이시니

나는 살그머니 바람인 듯 바람이 아닌 듯

—「분홍 물봉선」 6-7연

당신 곁의 화자는 "바람인 듯 아닌 듯" 하늘거린다. "담장 너머/ 당신은 비약인 줄 알았더니/ 팔 굽은 만월"(「한 번 호흡」)이다. "내 무릎을 베고 잠"(「석문 바다」)든 "당신을 바라보는 내 눈이 이렇게도 이렇게도 바"(「로캉탱」)빠서 부조리할 틈이 없다. 당신의 베개, "이 빠진 종재기"(「서산 마애삼존불의 미소에게」)가 되어도 충분한 나를 "당신은 별이라 말"한다. 그 사랑은 "하루가 고요하고/ 1년이 고요"한 평화를 준다. 마침내 나도 "당신 곁에서 코를 골"(「창문」)며 온전한 사랑에 취한다. 그 증표가 "당신의 몸에 맞는 스웨터를"(「스웨터를 뜨면서」) 뜨기다. 당신과 하나된 행복이 시간과 공간이라는 수를 놓는다.

어쩌다 내 눈에 또 눈물이 핑 돌면
남편은 나에게 이렇게 말한다
내가 돈 벌면 사탕을 사줄게 울지마

남편의 사탕이 어디 있는지
난 아직 모른다

—「아직은」 3-4연.

남들은 남편이 주역에 능통한 사람이라고 말했지만

남편은 그런데 내게는 주역의 주자도 꺼내지 않았다

내가 미역국을 끓여 내놓으면
미역국이 세상에서 제일 맛있다고 했다

내가 아욱국을 끓여 내놓으면
아욱국이 세상에서 제일 맛있다고 했다

내가 호박국을 끓여 내놓으면
호박국이 세상에서 제일 맛있다고 했다

사실,

남편이 능통한 것은 미역국에 있고 아욱국에 있고 호박국에 있나 보다

—「사실」

행복의 또 다른 이름은 불행이다. 성속聖俗, 미추美醜, 애증愛憎이 동전의 양면인 것처럼. 개체적 화자가 겪었던 아픔 뒤의 기쁨이기에 더 크다. "정념"이 "정념의 아비"(「칸나에게」)이고, "몸이 길이며/ 몸이 바람인 것을" "비로소 안" 후에 "나와 함께 춤을 추는" "눈물"과 "구름"(「나무 곁에 서있는 바람은 나무가 되어 있다」)이 준 축복이다. "물새의 뼈처럼"(「낙타풀」) 버티며 "하나는 만 개"(「눈곱꽃 봄날에」)임을 깨닫고 얻은 새 세상이다. 「아직은」은 그 단면이다. 아내가 눈물 글썽일 때마다 남편은 "돈 벌면 사탕 사줄게 울지마" 한다. 남편의 말에 아내는 눈물

을 그친다. 사탕의 효력이 있는 줄 알고 남편은 그럴 때마다 같은 말을 반복한다. 그러나 한 번도 사탕을 받은 적이 없다. 그래서 "남편의 사탕이 어디 있는지/ 난 아직 모른다." 사랑은 사탕처럼 와서는 사탄처럼 간다. 사탕이 없으면 사탄도 없다.

내 슬픔과 아픔을 알아주고 동조해 주고 달래주는 사람이 있고, 그런 언어가 귓가를 맴도는 살아 있는 오늘이 행복하다. 그 사람이 남편이어서 더욱 그렇다.

「사실」은 몸으로 보여주는 사랑이다. 말로 하는 애정표현인 「아직은」과는 달리 생활 속의 남편상을 보여준다. 남편은 미역국이든 아욱국이든 호박국이든 아내가 해 주는 음식은 모두가 최고라 한다. 모든 거 다 내려놓고, 오직 아내의 눈높이에 맞춘다. 또 "몸을 떠나서는 마음은 없"다며 "길을 나설 때나 잠이 들 때나" 아내의 "손을 꼭 붙잡"(「돋보기안경」)고 다닌다. 이제 아내는 망각이 행복의 조건임도 안다. 더는 아름다울 수 없는 이런 모습을 부창부수夫唱婦隨, 해로동혈偕老同穴이라 했다. 이런 옛말이 어색한 시대기에 『따뜻한 자리』의 부부상은 더욱 소중한 풍경화로 남는다.

3. 시간론時間論

시간은 공간에 따라 상대적으로 나타난다. 시간은 전후前後로 오가며 생기는 사건이고 공간에 처한 상황에 따라 더디고 빠르게 간다. 그 완급은 애노희락哀怒喜樂으로 나타나고, 방향성을 지닌다. 슬픔과 분노는 상향하고 기쁨과 즐거움은 하향한다. 급박한 감정은 곧장 올라가거나[↑] 곤두박질 친다.[↓] 느긋함은 서서히 오르거나[↗] 서서히 내려간다[↘]

완급緩急은 박자[强弱]와 장단을 만든다. 완緩은 약박弱拍으로, 에두름으로, 길게[長] 나타난다. 급急은 강박强拍으로, 직설로, 짧게[短] 나타난다. 다시 말하면 시간은 시의 운율을 결정짓는다. 이제마는 완박緩拍을 성性이라 했고, 급박急迫을 정情이라 명명했다. 성性은 정서의 순동이고 정情은 역동이다. 느긋하게 발현되는 정서가 성性이고 급박하게 드러나는 정서가 정情이다. 애성哀性은 은은하게 드러내는 슬픔이고 애정哀情은 급격하게 폭발하는 슬픔이다. 노성怒性, 노정怒情, 희성喜性, 희정喜情, 낙성樂性, 낙정樂情도 똑같은 성격을 지닌다.

시의 생명은 시간 인식과 표현에 있다. 호흡법 즉 성정性情의 관계도에 따라 성패가 결정된다. 시는 호흡의 언어다. 언어의 운율적 조합이다. 선택과 배치가 조화를 이뤄야 한다. 그를 통해 진솔함과 남다름과 생기가 담겨야 한다. 이제마의 성정론은 좋은 시, 좋은 시집을 가리는 기초 잣대가 될 수도 있다. 『따뜻한 자리』는 모두 애성哀性과 희성喜性과 낙성樂性으로 채워져 있다. 역정逆情이 없다는 반증이다. 모두 '고요히 침잠'[↘]하는 서정성을 지니고 있다. 그만큼 단아하고 정갈한 시집의 성격을 보여준다.

그러나 성정론으로 살펴야 하는 가장 중요한 이유는 따로 있다. 인간은 누구나가 애노희락哀怒喜樂 중의 한 정서를 표현하는 특출한 능력이 있다. 그것이 체질이고 개성이다. 체질적 삶의 진수는 자신이 타고난 정서[개성]를 천만인의 애노희락哀怒喜樂으로 확산시키는[공감하게 하는] 데 있다. 그러기 위해서는 술책이 있어야 한다. 술책 없는 성정性情은, 거기서 나온 시는 언어 나열에 불과하다. 술책의 다른 말은 시작법과 시적 완성도다. 모든 시집이 그렇듯, 『따뜻한 자리』의 평가도 여기에 달려있다.

퇴근 길
저만치 앞서가는 눈썹달

나보다 반 발짝 먼저 와
우리 집 창문에 내려앉았다

잠시
찰랑

길 건너 빌딩 꼭대기가 깜깜하다

밤이면 철탑 위
환한 달

오늘은
땅바닥
우리 집 반지하에서 자고 갈 모양이다

—「눈썹달」

나뭇잎이 연못으로 떠다녔다

내 살갗 속에는 낙타가 산다
난 낙타의 목덜미를 붙들고 사막으로 간다

가시를 품은 낙타풀

세상은 모래언덕에 파묻혔다

한밤중,

천공의 공작이 떨어지고 살쾡이가 떨어지고 전갈이 떨어졌다

나는 물새의 뼈처럼 이곳에 서있다

별안간,

찌르레기인지 홍학인지

이분들 가느다란 발목에는 봉숭아 꽃물이 들어있다

내 아픔을 다 건너간 붉은 꽃물

—「낙타풀」

유정옥의 시간 활용법은 방향성이 다양하다. 「눈썹달」의 "퇴근길/ 저만치 앞서가는 눈썹달", "길 건너 빌딩 꼭대기", "밤이면 철탑 위/ 환한 달"을 보는 시간은 완만히 상승[↗]한다. "나보다 반 발짝 먼저 와/ 우리 집 창문에 내려앉았다", "잠시/ 찰랑", "오늘은/ 땅바닥/ 우리 집 반지하에서 자고 갈 모양"을 확인하는 시간은 수직하강[↓]한다. 그러나 "내려앉고" "찰랑"의 귀결은 "우리집 반지하"다. 가족적 화자의 수평적 시간[→]이 그 대립성을 무화한다. 그 집은 반지하지만 천지인天地人 삼재三才가 조화롭게 공존한다.

「낙타풀」에서도 "세상은 모래언덕에 파묻혔다", "천공의 공작이 떨어지고 살쾡이가 떨어지고 전갈이 떨어졌다", "내 살갗 속에는 낙타가 산다", "이분들 가느다란 발목에는 봉숭아 꽃물이 들어있다"는 직하하는 시간[↓]과 "나는 물새의 뼈처럼 이곳에 서있다" 직승하는 시간[↑]이 대립 구조를 이루고 있다. 그 사이를 "나뭇잎이 연못으로 떠다녔다" "난 낙타의 목덜미를 붙들고 사막으로 간다", "내 아픔을 다 건너간 붉은 꽃물" 등 수평이동[→] 하는 시간이 완충작용을 한다. 여기서는 건조하고 삭막한 어휘들이 「눈썹달」과는 대조적 분위기를 자아낸다. 그렇지만 내 아픔이 봉숭아 꽃잎이 되고, 그것이 찌르레기, 홍학의 발목을 물들이러 다 옮겨가 버렸다고 한다. 서걱이는 호흡들이 치유된 시간으로 바뀌어 있다.

나는 별빛을 풀어 스웨터를 뜬다
한 코 또 한 코
뒤쪽으로 가면 낭떠러지
앞쪽으로 오면 꽃밭
안드로메다 찬물까지 실을 끌고 가서
당신의 몸에 맞는 스웨터를 뜬다

내 몸은 너무 가벼워

당신 곁에 머무를 수 없으니

남쪽에서 북쪽까지

하지에서 동지까지

1년 내내 진분홍 실을 풀었다가 감고

또 풀었다가 감는다

—「스웨터를 뜨면서」 1-3연

「스웨터를 뜨면서」는 시집 『따뜻한 자리』의 시간성을 대표하는 시 중의 하나다. 방향 찾기만으로도 시읽는 또 다른 재미를 주는 작품이다. "나는 별빛을 풀어"[↓], "뒤쪽으로 가면[→] 낭떠러지"[↓], "안드로메다 찬물까지 실을 끌고 가서"[↑], "내 몸은 너무 가벼워/ 당신 곁에 머무를 수 없으니[↑], 남쪽에서 북쪽까지[↑], "스웨터를 뜬다"[→], "한 코 또 한 코"[→], "앞쪽으로 오면 꽃밭"[→], "당신의 몸에 맞는 스웨터를 뜬다"[→], "하지에서 동지까지"[→]가 수직[직승과 직하]과 수평 구조를 지닌다. 여기에 "1년 내내 진분홍 실을 풀었다가 감고"[↔], "또 풀었다가 감는다"[↔]는 쌍방향성까지 곁들여지면서 시가 지닌 감칠맛을 더한다. 유정옥의 시간 활용법은 우주적 차원을 아우른다. 그래서 직승直昇[↑]과 직하直下[↓]하는 시간도 느긋하고 아련하고 정겹게 흐른다. 앞에서도 밝혔듯이 모든 시편의 바닥을 흐르는 시간성은 나즉함[↘]이다. 이는 유정옥이 선

천적으로 애절함 애잔한 안정감 원숙함의 육화肉化한 시인임을 말해 준다.

4. 공간론空間論

공간은 시간이 개입되어 펼쳐진다. 삶의 공간은 크게 둘이다. 하나는 개인 공간이고 다른 하나는 사회 공간이다. 삶은 이 둘의 관계에 의해 결정된다. 관계란 절대, 우열, 갈등, 타협, 조화를 이루는 양상이다. 절대 공간이란 유아독존 공간과 전체주의 공간이다. 나머지는 개인과 사회의 상대적 공간이다. 여기에는 ①개인이 사회를 압도하는 공간, ②사회가 개인을 압도하는 공간, 개인과 사회가 대등한 ③대립[갈등], ④타협, ⑤조화 공간이 존재한다.

개인 공간은 개인의 지행知行이 있다. 앎과 행동은 내 맘에 따라 얼마든 가능하다. 그렇기에 내게 달린 문제다. 그래서 목적지향성을 띠며 '전술tactics'이 필요하다. 사회 공간은 녹재祿財가 있다. 녹祿은 벼슬이다. 재財는 돈이다. 녹祿은 귀貴고 재財는 부富다. 녹재祿財는 내가 마음먹는다고 되는 일이 아니다. 그래서 관계지향성을 띠고 전략stratigies이 필요하다. 전략과 전술은 다양한 공간을 만들어낸다. 삶이란 전략과 전술의 어디쯤이다. 여기에서 시비이해是非利害가 뒤엉키고 감정[喜怒哀樂]이 발생한다.

결국 공간은 전술과 전략, 목적지향성과 관계지향성의 문제로 귀착된다. 『따뜻한 자리』는 개인 우위 공간이다. 사회공간 대신 자연 공간이 대척점에 놓여 있다. 개인의 지행知行이 지배하는 세계인 만큼 전술적인 측면이 강해야 한다. 그러나 이 시집의 공간은 그런 것과 거리가 멀다. 유정옥의 전술은 딱 하나다. 그것은 비우기다. 비슷한 말은 비켜서기, 곁에 있기, 지우기다. 그만큼 탈속적, 폐쇄적임을 알려준다. 현대지만 옛날이고 세속이지만 선계仙界다. 육지지만 섬이고 열려 있되 범접 불가다.

그 토양을 지배하는 인식은 "내가 우선이 아니라는 것을 너는 알고 있구나"(「둥근잎유홍초」)하는 겸손함이다. 배려가 낳은 허허로움이다. 우주적 상상력을 발동하면서도 가정이라는 울타리를 벗어나지 않는다. 되려 집이라는 울타리가 태양계의 중심이 되어 온갖 행성과 위성을 부린다. 그런가 하면 바깥세상 모두가 수도처다. 그래서 공간으로 살피는 『따뜻한 자리』는 수행修行의 언어다. 여기서 자연은 모든 갈등을 접합하고 포용하고 해소하고 융합하는 절대자다. 닮아야 할 대상이고, 그를 확인시켜 주는 거울이다. 그 절대자의 명령대로 유정옥의 화자들은 한결같이 정결함을 추구한다. 그 궁극은 하늘과 땅과 사람의 화해와 조화다.

> 바다는 마주보는 것이 아니구나
> 저렇게 저렇게 무한을 버리고 있으니
> 허공을 마주 볼 것이 아니구나
>
> —「석문 바다」

> 유곡리 산비탈에 현호색이 나와 있다
> 누구의 기쁨일까
> 땅바닥에 코를 대고 있어도 너는 웃는 낯이다
>
> 보랏빛 쬐끄만 몸매여
> 너의 존엄이 하늘에 닿아 있으니
> 네 발등 아래 엎드려
> 나는 슬픔을 버려야겠다
>
> —「현호색에게」

자연 공간은 갈등을 해소해 준다. 자연의 자태를 배우면서 내면의 갈등을 잠재운다. 처음엔 그 하늘도 "내 눈구멍을 찌르는 바람" "내 눈구멍을 찌르는 햇살들"(「영흥도」)로 가득했다. 그 땅도 "수천가지 말문으로/ 떨어지는/ 그리움"(「백 년이 가고」)

으로 슬펐다. 이런 시공을 부대끼며 화자는 "내 몸과 내 혼 사이를 맴도는 물방울"(「따뜻한 자리」)이 되어 떠돌았다. 또 "나는 이 나무를 어떻게 흔들 수 있을까/ 나는 이 나무를 어떻게 만질 수 있을까"(「나무 곁에서」)를 고민하고, "나무 바깥에 서서/ 구부러진 나뭇가지를 쳐다본 까닭"이 "여전히 구부러"(「나무 바깥」)진 내 마음 때문임도 알았다.

공간은 이런 갈등 양상을 더 선명하게 보여준다. 화자는 "저녁 무렵/ 이 짧은 머뭇거림/ 나는 목백일홍 곁에 우두커니 서"(「나무 곁에서」) 있는 모습, "공기의 현을 뜯던 바람의 손가락들이/ 공기의 속내를 찾아 기웃거리면/ 하얗게 팔을 벌리는 낮달"(「木魚」)이 된 자화상은 "닫혀 있거나/ 열려 있거나/ 온몸을 짜 맞추는 세월"의 지층을 드러낸다. 빈번하게 등장하는 사찰 관련 어휘들은 이런 기류를 변화시킨다. 밋밋한 공간에서 구체적 장소로 바뀐다. 쉽게 말하면 공간에 자신의 애노희락哀怒喜樂이 투영되면 그곳은 장소가 된다. 공간의 장소화는 유정옥의 삶과 시심을 벼리고 다지고 짊히는 계기가 된다. 서산 마애삼존불의 설법은 "직각 삼각형"이 둥근 원(「서산 마애삼존불의 미소에게」)이 되는 경지에 이르게 한다. 『따뜻한 자리』의 시간 읽기는 시간성[방향]의 다채로움으로 정중동靜中動을 실감한다. 반면 공간 읽기는 단층斷層 현상을 많이 찾을 수 있다. 꽃 피고 새 우는 산골짝에 서린 용암鎔岩

의 기억을 떠올린다.

나뭇잎 사이로 보이는 하늘이 예쁘다
하늘이 이렇게도 잘디잘게 쪼개지다니
나뭇잎은 하늘을 쪼개 쓰고 있는가보다

나무 아래
개미들은 하늘을 등에 지고
쏜살같이 먼 곳으로 달려간다

—「오늘」

지금까지 내 발등을 밟고 있는
우르의 별자리여

내 몸속에 창문 만 개를 더 박아다오

—「갈대아 우르를 지나며」

정화된 자연 현상은 안정감을 되찾은 화자의 모습으로 투영된다. 이제는 "백암산 비탈길/ 50년 내 품안에서 살던 별들이"(「눈곱꽃 봄날에」) 달려오고, "바람이 가서 만져주고/ 내 눈썹이 가서 만져주면/ 하늘은 순한 물결이 된다."(「물결」) 소나무에도 철쭉꽃에도 하늘이 묻어 있다. 화자론, 시간론에서 펼쳐졌던 모든 양상들은 조화로운 공간이 모인다. "소백산 희방폭포에 올라 물소리를 바라보다가(중략) 폭포 아래 도토리나무가 서있는 뾰족 바위에/ 마침 새끼다람쥐가 아침 식사를 즐기는"(「다람쥐에게서 배운 식단」) 모습이 자연 공간이라면 '다람쥐의 식단'을 집으로 이식하면서 '소백산 희방폭포'는 장소가 된다. 무색 무욕의 청정한 도량이 된다.

5. 시품론詩品論

> "시는 재능이 아니다. 시는 장식이 아니다. 시는 슬픔이다. 아픈 사람 그 사람이 시인이다. (중략) 체면을 생각하고 시를 쓴다는 것은 얼마나 악한 일인가."
>
> -유정옥, 「내가 만든 시간은 부드럽다」, 시인의 아포리즘 3-2.

위의 문장은 『따뜻한 자리』가 어떤 시집인가를 가늠하게 한다. 유정옥은 시를 재능과 장식이 아니라고 한다. 재능은 재주와 능력이다. 시는 분명 언어를 부리는 재주와 능력이다. 장식은 꾸밈새다. 시가 재능인 한 당연히 장식이다. 또, 시는 희노애락喜怒哀樂 그 자체다. 어째서 슬퍼하는 사람만 시인이랴. 그런데도 그는 왜 이런 말을 할까?

시詩는 예법禮法과 예법藝法의 만남이다. 예禮는 언어의 긴장이고 예藝는 언어의 화해다. 예禮는 언어의 품격이고 예藝는 언어의 생기다. 예禮는 품위다. 단아하고 진솔한 언어의 기품을 만든다. 예藝는 정신이다. 자유롭고 참신한 시정신을 낳는다. 예법禮法을 익히면 언어 구사와 감정 표현이 조화롭다. 예법藝法을 닦으면 아름다움과 감동의 폭이 커진다. 예禮만 강조하는 시는 독수리 같아서 구만리 장공을 날아가지만 아름다움이 없고, 예藝만 중시하는 시는 공작새 같아서 눈부시지만 얼마 날 수가 없다.

그래서 시는 언어의 예禮와 예藝의 만남이다. 예禮를 악樂으로 기예技藝를 예술藝術로 승화시킴이다. 승화는 부드러운 시의 힘과 범속하면서 비범한 언어의 울림을 위한 몸부림이다. 승화는 그렇게 몸부림친 결과다. 재능과 장식까지 언어로 녹인 그 몸부림을 일컬어 문학적 진정성이라 한다. 그래서 시를 쓰는 일은 천의무봉天衣無縫에 가까워지려는 노력이고, 시를 읽는 일은 천의무봉天衣無縫에 숨겨진 바느질 자국의 헤아림이다.

시는 지적 수준에 좌우되지 않고,

삶에 대한 대긍정의 자세에 좌우된다.

그렇게 생각하면서 나는 시를 쓴다

—「自序」

그렇다. 틀림없이 시는 학력에 비례하지 않는다. 학승學僧과 고승高僧은 무관하고, 수도승修道僧도 대덕大德과 상관없는 이치다. "시에는 별도의 뜻이 있기에 이치와 무관하고, 별도의 재주가 있어 글과는 상관없다."詩有別趣非關理也 詩有別材非關書也 [엄유, 『滄浪詩話』] 시는 참으로 오묘해서 지식과 노력 사이의 한 깨달음, 그것을 통해 온다. 시인은 그것을 포착하는 사람이다. 허균은 좋은 문장가가 되기 위한 3대 조건으로 '학력과 식견과 노력'을 든다. 배움이 없고 식견이 모자라고 노력이 없이無學力 無識見 無功는 제대로 된 문장을 구사할 수 없다고 한다. 학력은 옛것을 익힘이고 식견은 스승께 배움이고 노력은 온축하여 익힘이다. 이것이 '시에 대한 대긍정'의 자세다. '삶에 대한 대긍정'도 같은 맥락이리라.

또 유정옥은 자신을 움직이는 건 "본능"이고 본능의 근원은 "관능"이라고 한다. 그러나 그 관능은 "저쪽 세상을 바라보도록 시신경을 흔"드는(유정옥, 「내가 만든 시간은 부드럽다」, 시인의 아포리즘 2-1.) 무엇이다. 결코 감각적이고 말초적인 개념이 아니다. 이런 논조로 보면 유정옥이 말하는 재능은 격

조를 상실한 예법禮法이고 장식은 정신을 상실한 예법藝法이다. 슬픔 또한 단순한 슬픔이 아니다.

유정옥은 슬픔의 침선針線꾼이다. 그에게 슬픔이란 애노희락哀怒喜樂의 총칭이다. 남의 슬픔을 제대로 읽는 사람은 그들의 기쁨과 즐거움과 분노도 헤아릴 수 있다. 그는 이 네 글자를 줄여서 '애哀'라는 한 글자[환유]로 나타냈다. 그에게 시작詩作이란 세상의 슬픈 조각을 기우는 행위다. 기워서 단아하고 투명한 언어로 세우는 일이다. 그에게 시인이란 그런 천명을 타고나는 사람이다. 그는 언제나 곁에서만 살았다. 딸의 곁에, 남편 곁에, 세상 곁에 있었다. 그래서 늘 자식의 눈 속에, 남편의 가슴 한 복판에, 우주의 한 가운데 있다. 『따뜻한 자리』는 그 과정을 자음과 모음이라는 실로 풀어 뜨개질한 시집이다.